새벽, 백두 정상에서

이명한 시집

새벽, 백두 정상에서

이명한 시집

새벽, 백두 정상에서

이명한 시집

문학들

허공으로 던지는 모놀로그

두보杜甫와 더불어 대작을 하고 있는 나의 가슴속은 엘리엇이 뿌려놓은 우울한 안개로 가득하다. 그런 시간, 청각을 통해서 환청으로 울려오는 언어의 빛깔 역시 회색일 수밖에 없지만 더러는 벌건 불길이 되어 타올라 나의 얼과 온몸을 삼켜버리기도 한다.

시에 있어서의 아름다움은 아픔이다. 시의 탄생은 화려한 문신을 뜨느라 피부에 그어 놓은 상처 위에 후춧가루를 뿌리며 즐기다가 견디다 못해 외쳐대는 비명 같은 것이다. 이런 행위는 비록 고독하게 진행되는 일인극이지만 수직으로 뚫린 구멍의 심도와 수평으로 퍼진 외연의 확대로 말미암아 고독 속의 연대성, 연대성 속의 고독이라는 형태로 나타나 거친 대륙의 사막과 초원을 가로질러 질주하다가 휴전선을 넘나들고 별이 가득한 하늘로 내던져져버리는 꿈을 꾸기도 한다.

소설을 쓰면서도 시라는 것을 가슴 한구석에 종양처럼 간직하고 살아온 노정이 짧지 않았다. 지니고 살기가 버거워 한 점씩 떼어내어 꽃잎 뿌리듯 여기저기 던져 놓은 것들이 있어서 한 데 모아보려고 했으나 모래밭 속의 바늘이었다. 그렇기로 일단 마음먹은 일을 중단할 수는 없어서 작년 일 년 동안을 달리는 버스 속이나 가로수 아래, 더러는 먼지 자욱한 길거리에 서서 한 수씩 수첩 위에 새겨오다 보니 백여 수가 되어버렸다. 비유해서 팔십년 동안 쌓아올린 노적가리를 불태워버리고 나서 잿더미 속에서 건져 올린 몇 개의 벼 알이라고나 할까. 하찮은 수확이지만 기대하지 않았던 횡재이기에 빛나는 보석으로 둔갑해 주었으면 좋으련만 어림반품 없는 일이고. 여기까지 이르도록 힘을 보태고 부축해 주신 모든 분들께 감사를 올린다.

2012년 여름

차례

제1부

탄생

아파트에서 학교로 올라가는
가파른 돌계단 사이
어디선가 하얀 민들레 꽃씨 하나
날아와 터를 잡았다

행인의 발에 밟히고
감싸줄 변변한 흙 한 줌 없는
각박한 공간에서
눈바람 이겨내며
차가운 겨울을 버텼다

계절의 바퀴가 돌아
따스한 햇살 내려앉는
봄날이 다가오자
청죽 같은 줄기 하나

여린 이파리 거느리고
솟아올라
하늘을 저어가는
화륜火輪을 향해

깃발 흔들며 소리를 질렀다

미소로써 화답할 뿐
다가갈 수 없는 태양은
구만리 거리를 두고
가슴 앓다가

구름 한 점 없이 화창한 날 아침
황홀한 금마차를 타고
훌떡
지상으로 뛰어내려
포옹하는 순간

불타는 품안에서
공주님으로 탄생하는
순결하고 애잔한
민들레 꽃 한 송이

* 화륜(火輪) : 태양을 일컬음.

유월에

녹음의 바다에 뜬 버스가
푸른 향기를 싣고
유월의 산천을 흘러간다

탁배기 한 잔에 얼큰해진 얼굴
장수長水 남원南原의
남빛 하늘이 다가와
가슴을 물들인다

산마을 너머
뻐꾸기 울음 번져 가면
지나간 날들이 무지개로 펼쳐지고
하지夏至의 산마루에 잠시 머물러
쉬어감직도 하다마는

돌이킬 수 없는 세월이 남긴
어지러운 상처의 자국
쑥부쟁이 한 송이 꺾어
눈물 닦았다

강물이 굽이쳐 돌아
펼쳐지는 들판에서
새로운 날을 위한 노래 한 가락
향수를 적시는 멜로디로
불러보고 싶다

봄비

어두운 밤에
창문을 열고
소리 없이 들어온 봄비가
이불을 투과하여
몸 속으로 스며들었다

횡격막을 지나
침투한 액체가
전신을 돌며
불을 댕기면

육신은 부나비가 되어
펄펄 끓는 호수 속으로
침몰해 들어간다

거칠어진 파도 타고
신비로운 용궁 향해
배를 저어 들어가면
명멸하는 불빛 속

새로운 생명이 잉태되고

설레는 아침
창문을 열고
간밤의 뱃길 좇아
들길 아득하게 바라보면

은총을 받은
맹호연孟浩然의 가락들이
콧노래 흥얼거리며
연록의 비단을
펼치고 있었구나

* 맹호연(孟浩然) : 중국 성당(盛唐)시대의 시인. 봄비 내리는 새벽을 청각적으로 읊은
　　『준효(春曉)』가 있음.

꽃잎을 밟다

꽃잎을 밟는다
간밤에 스쳐간 비바람에
엄마의 손을 놓쳐버린 꽃잎들이
어지러이 굴러다니고 있다

언젠가 말했었지
나도 저렇게 떨어져 굴러다니다가
낙엽과 더불어
골짜기에서 썩어
다가온 나무의 뿌리를 잡고
살아날 거라고

다짐했었지
십 대, 이십 대의 꽃다운 나이에
다짐했었지
하찮은 목숨을 버려
열 사람의 죽음을 대속할 수 있다고
나뭇가지가 꽃잎 버리듯 할 수 있다고

나라가 참하게 되고
흩어진 겨레 하나 되는
그런 길을 열 수 있다면
쑥구렁 아닌
가시밭에라도
누울 수 있다고

허황하지만 비장한 믿음
버리지 않고 살아왔는데
여든의 아침에 반추해 보는
아득한 기억

뜨락을 스쳐가는 달빛이
세월의 부피를 쓸어가듯
한낱 그림자 하나로 스러질
청춘의 자취가
허무하다

만남

아무리 큰 비극도
낭만으로 변신시킬 수 있는 것은
꿈뿐인 것을
눈 깜박하는 사이 휴전선 넘어
어머니 앞에 이르렀다

항공기도 아니고 우주선도 아닌 것이
아들을 싣고 천리를 날아
열여섯 꽃다운 나이에 갈라졌던
엄마를 만나게 해주었다

반갑고 정다워라
모질고 사나운 파도 아니었다면
역사의 험한 강물
그런 골짜기를
흐르지는 않았을 것을

봄이 와도 봄 같지 않음은
노래 아닌 탄식

만나는 날이 봄인 것을
오늘에야 알았다

하얀 백통 수저로
향긋한 쌀밥 한 덩이 떠서
어머님 입에 넣어주면
어미가 아이 되고 아이가 어미 되는
사랑과 보은의 자리

저 강을 건넌 것이
육십 년 아닌 엊그제인데
고독을 지우려고
몸부림치고 있는 사이
세월의 벽은 드높이 쌓여 가고

어느 날에 하나가 될지
오늘의 만남은
새로운 이산일 뿐
이별의 강이 너무도 깊구나

새벽, 백두 정상에서

동쪽에 솟는 태양
서쪽으로 지는 달을
양손을 뻗어 만지며
태초의 시원을 더듬는다

지상이건만 위가 없고
천상이건만 아래가 없는
육극六極이 하나로 모여
합창으로 신화를 엮고 있는 산

가락이 없어도 질서가 형성되고
질서가 없어도 가락이 펼쳐지는
율려律呂의 세계가
여기였구나

조국이 하나 되고
온 세계가 평화롭게 되는 날을
열어 젖히기 위해서
작가들이 모여

노래를 부른다

우리의 소원은 통일
꿈에도 소원은 통일
....

소원은 북풍을 타고 남으로 날아가고
꿈은 남풍을 타고 북으로 날아오는데
분단의 땅이 아니었다면
맛볼 수 없는 감격

역설의 의지는
해와 달을 가슴에 품고
산맥 위를 파닥이며
동토를 녹이고 있다

* 육극(六極) : 위아래와 동서남북의 여섯 방위. 육합.

조국

눈보라 치는 황막한 광야에
빙탑氷塔 외로이 서 있고
분노한 젊은이 하나
꼭대기에 우뚝 서서
깃발을 흔든다

출렁이는 깃발은
찢길 듯 나부끼고
뻘건 핏물
목줄을 타고 내려와
하얀 눈밭을 물들였다

땅속으로 스며든 더운 피
대지는 카포테를 본 투우가 되어
울부짖으며 길길이 뛰어 오르고

기나긴 밤이 가고
환하게 동쪽이 밝아오고 있을 때
탈진한 젊은이는
땅 위에 쓰러져

숨을 헐떡이고 있었다

죽을 수는 없어
저 하늘에 태양이 있는데
그칠 수가 없어
결연히 일어서서
또 다시 그림을 그리기 시작했다

높은 산이 가로막고
깊은 강이 가로 놓여 있을지라도
목숨이 다하기 전에
돌아가야 할 땅

젊은이는 쉬지 않고
지맥을 더듬어
조국으로 통하는 지도를
그려나갔다

* 카포테(capote) : 투우사가 소를 흥분시키기 위해서 휘두르는 빨간 천.

해바라기

꽃은
수레바퀴이고 싶다

커다란 바퀴가 되어
미래를 향해 굴러가는 해바라기에게는
역사의 무게를 싣고 견뎌내는 뚝심이 있다

오직 우둔한 단심丹心으로
태양을 향해 굴러가다가
계절이 바뀌면
검은 토양 속으로 돌아가
한 계절 쉬고 나서

새봄 되면
불사조처럼 되살아나
우쭉우쭉
하늘로 솟아
노랗고 찬란한 바퀴를
키워내어

굴리고 다니면서

어두운 밤중
진흙탕에 빠져 허덕이는 사람들에게
밧줄을 던져주고
등불을 비추어
헤어나올 길을 열어준다

불면의 새벽
밤잠을 설친 해바라기는
금바퀴 찬란한 수레를 끌고 나타나

늦잠에 침몰한 나의 집
창문을 두드리며
끝내 찾아가야 할
먼 세계로
지체하지 말고
어서, 떠나자고 재촉하고 있다

나는 사람이다

두 발로 걸어 다니며
양손을 쓸 줄 아는 동물이라서
헐레벌떡 활개 치며
높은 산꼭대기로 올라가

오른쪽 왼쪽
앞쪽 뒷쪽
위아래를 살펴보고 나서
소리 질러 외쳤다

"나는 사람이다!"

지닌 것은 몸뚱이 하나뿐이다마는
이 세상에
나보다 위대한 존재는 없을 거다

천하를 움켜쥔 제왕인 양
우쭐대다가
겨울이 오면 방안에 틀어박혀

한 계절을 보냈다

봄이면 다시
하늘 가까운 산정으로 뛰어올라가
외쳐대기를

나는 사람이다
나는 사람이다
사람이란 말이야!
아무도 대응해주는 이 없지만
한사코 쉬지 않고 외쳐대는
호탕한 시간

구름이 넌지시
내려다보며 빈정대었다

알았다 알아
그런데
사람인께 어쨌단 말이냐

돌아와요 느티

칠흑 같은 밤
우리 모두가 두려움으로
쥐구멍살이를 하고 있을 때
횃불을 들고 찾아와
똑똑똑
문을 두드렸던 사나이여

누구일까? 떨리는 손으로
문을 열어보면
밤을 새워 걸어온
나그네
느티나무 한 그루 서 있었다

모진 폭풍으로
가지가 꺾이고 줄기 부러져
상처투성이 된 나무는
쓰러질 듯 비틀거리며
횃불을 휘두르며 속삭였다

절망의 벽, 죽음의 강을
뚫고 건너가
우리 모두의 동산을 찾아야 해요
갈라진 겨레 하나 되어야 해요
그러다가 땅을 구르며
소릴 질렀다

양심을 가진 자여!
만일 그대 움직일 수 있다면
어느 누구도 거역할 수 없는
길이 있나니
찾아야 한다, 기어코 찾아야 한다
광야 속의 메시아처럼 절규하였다

피땀 흘려 쌓아올린 동산
아아! 어떻게 해서 되찾은 성곽인데
구구구, 비둘기는 날개가 부러지고
봉축하는 등불들은 무참하게
짓밟혀 버렸으니

외계인이 던져 준
썩은 쇠고기 한 덩이 보듬고
아귀다툼을 하는 무리들이
떼를 지어 잔치를 벌이고 있는 사이
금수강산은 걸레조각으로 찢겨지고

육일오는 어찌 되고
10, 4는 어디로 갔는가

배신과 반역의 무리들이
정의의 탈을 쓰고 춤을 추고 있는데
쓰러진 느티여, 불사조여!
다시 일어나 우리 곁으로 돌아와요
여기 있어요 내일을 향해 행군하는
해바라기의 대열
여기 가고 있어요

횃불

송이송이 피어 있는 모란의 꽃밭
붉디붉어 황홀한 튤립의 벌판
눈부신 분홍의 꿈이
넘쳐흘렀다

산 위로 올라가면 봉화가 되어
이 땅의 모든 곳에 소식 전하고
도시로 내려가면 촛불이 되어
사람들의 집과 집에 불을 밝혔다

대보름날 달을 따라
마을로 가면
달집을 훨훨 태워
풍년을 빌어주고

불의를 보고 분노한
군중 속으로 뛰어 들면
앞날을 밝히는 횃불이 되어
세상을 바꾸는
혁명이 되었다

귀향길

눈 내리는 날의 고향 길에는 종점이 없다
지나가는 길손도
달리는 차도
술 취한 얼룩말 되어
걸음을 멈춘다

언덕 위 소나무는
은빛 도롱이를 쓰고 있는 곰
눈이 쌓이는 대지는
발자국 하나 받아들이지 않았다

천사의 춤은 꿈속에서도 저러했었다
하얀 옷자락 펄럭이며
구름 속을 벗어난 이파리 되어
날아다니다가
오이씨 버선으로 내려앉는 눈

바람이 쓸어가도 쌓이는 눈은
풍요를 예언하는 부적이라지만

허공에 펼쳐진 사막일 뿐
지상의 풍년은 오지 않았다

이런 날 화가들은
움막의 탁자 위에 화필을 던져 놓은 채
옛 이야기를 조잘대고
시인들은 바흐의 곡을 들으며
명상의 집을 지었다

경계마저 지워진
언덕 위에서
소꿉친구들의 이름마저 지워져버린
가난한 날의 일기장을 넘겨가다가
하늘을 쳐다보면

허무를 잉태한 새 한 마리
무거운 날개
퍼덕이며 날아갔다

바람 소리

맑은 날은
아버지의 가슴
궂은 날은
어머니의 눈물을 생각한다

넓은 영산포 방목들이 끝나고
관골로 올라가는 언덕배기
앞자리에 나를 태우고
자전거 페달을 밟던
아버지의 거친 숨소리 들린다

두 살 터울
어린 동생이 죽었을 때
머슴 등에
자식을 담은
옹기의 관을 띄워 보내며
발 뻗고 맨땅 치던 어머니의 통곡은
파도가 되어
바위에 부딪혀 흩어지고

피로 얼룩지고
탄식으로 쌓아온
비탄의 나날들이
구름을 타고 흘러갔다가
다시 돌아와 내 가슴을 치는구나

아버지의 숨소리도
어머니의 통곡소리도
북망의 언덕 너머 아스라한데
보이느니
허공 가르며 춤을 추는 무수한 낙엽

노을 속에서

붉은 태양이 강물을 물들이면
건너고 싶구나
남편 따라 몸을 던진
어머니의 강

고래 등 같은 집도
무지개 같은 희망도
강 언덕에 서면
노을이 되어
붉디붉게 타버리고

작디작은 죽음도
강가에서는 부피가 커지는 것
먼 하늘을 날아온 슬픔이
가슴을 미어지게 한다

파란 강물 속에
거꾸로 잠긴 청산이
검디검게 물드는 것은

목숨을 버린 이들의 피가
잠겨 있기 때문인 것을

겨레 사랑하다 죽어간 사람들아
그들을 안고
몸부림치는 노을의 가슴이
저토록 붉은 것은

가버린 것과
돌아옴의 간극을 메우는
역사의 곡절에서
피를 토하는 소리

어제를 이야기해주고
내일을 알려주며
굽이치는
강물의 기억은 처절하다

6·15, 11주년

검은 차량이 쏘아댄
헤드라이트 광선에
시야를 빼앗기고
비치적거렸다

부릅뜨고 맞서면
밀어닥치는 해일
허파는 호흡을 멈추고
육신은 침몰해버린다

가진 것은
녹슨 화승총 한 자루
머리 위를 떠돌던
별들은 사라지고
암흑 속의 고독이 춥구나

비운의 강토
허리를 묶은 쇠사슬
이 땅에 바탕을 둔 피붙이라면

어느 누구
끊어버리고 싶지 않으랴

출발할 시간을 넘긴 지 몇 십돌
떠나야 할 열차는
철조망에 막혀
움직일 줄을 모르고

염원이 앞서면
어찌 가지 못하랴
겨레여
장정長征의 깃발이
여기 있다

가시밭이건 바위덩이이건
몸을 던져 밀고 나가면
어느 누가 감히
길을 막으랴

불면의 밤에

창문을 열어젖히면
십구 층 베란다와 맞선
제석산 너머에서
술렁거리는 소리 들린다

부산인지, 마산인지
아니고 서울일지
거기에서 벌어지는
시대의 모순이
부글거리고 있는

어떤 영웅도
감당할 수 없는 아픔이
나의 몸속에 전이되어
식어가는 피를 달군다

그믐달은
중공에 떠 있고
떨어지는 유성들이

피어린 전사들의 육신이 되어
가슴속에서 쓰러질 때

용산의 철거현장
영도다리 크레인 위의 외로운 호소
강정마을의 아픔을
그 누가 알랴

이 땅의 어느 두메
어느 바닷가에
우리의 상처를 치유할
야전병원 하나 없을까

모진 바람 불어오는 아침마다
계급장 한 개 없는
전사이고 싶어
나의 안방은 처절한 싸움터가 된다

시간의 길이

신호등 아래
발을 멈추면
시간은 나의 그림자를 따라
움직임을 멈춘다

바쁠 때는 지루하고
한가하면 짧은 1분
시간은 마음대로 신축하는
고무줄이다

신호등이 바뀌어
네 발 짚고 웅크린
맹수들이 노려보는 삼엄한 건널목을
허둥지둥 건너가다 보면
먼 케냐 평원을 쫓기는
가젤의 모습이 되어버린다

그렇게 헤매다가
집으로 돌아오면

소중한 시간은
지갑 속에서
빈털터리가 되고

생존을 증명하는 것은
콧구멍을 드나드는 숨소리뿐
분화되지 않은 삶과 죽음이
어머니의 모태를 찾아
오늘도 둥지를 튼다

페달을 밟으며

자전거를 타고
페달을 밟는다

두 개의 바퀴가
무슨 힘으로
움직이는가를 생각하다가
문득
나의 근력筋力임을 깨달았다.

두 개의 바퀴가
왜 넘어지지 않고
직선으로 굴러갈 수 있는가를
생각하다가
인간의 균형감각임을 깨달았다

자동차나 열차와 달리
자전거는 어떻게
좁고 구부러진 길을
달릴 수 있는가를 생각하다가

고심 끝에
분별의식임을 깨달았다

자전거를 타고
페달을 밟으며

어찌하여 이 세상에는
부당한 폭력으로
약탈하는 자가
우글거리고 있는가를 생각하다가
그것이야말로
정의를 위해서 나를 버릴 수 있는 자가
적기 때문임을 깨달았다

마그마

　오랜 세월 지구의 심장에 갇혀 있던 마그마가 용암으로 분출되어 초목 우거지고 바위 뒹구는 골짜기를 내달으면 덩치 큰 사슴뿐이랴, 꽃을 찾아온 벌과 나비, 시냇물 속을 헤엄치고 있는 송사리까지 휩싸 안고 흐르다가 차가운 바닷물을 만나 거대한 용이 되어 너부러진다

　머리 위로 해와 달, 수없는 별들이 그물을 엮고 있는 동안 대기 속의 비와 바람 만나 검은 토양 되어 싹을 낳아 키워내면 푸른 천지가 열리나니

　배 안에 갇혀 웅크리고 있는 불덩이의 답답함을 지구는 알고 있었으리라 빛을 지니고도 내뿜지 못하고 열을 안고도 나누어주지 못하는 안타까움과 분노를 삭이며 살아온 억 천만 년, 참지 못하고 터져버린 혁명이 없었다면 바람과 물을 어찌 만나 부드러운 대지로 변하여 날아가는 새들을 쳐다보며 노래 부를 수 있었으리

제2부

호남선

장성 갈재
긴 터널을 빠져나오면
두승산斗升山 위에
남빛 녹두꽃 지고

뒤쪽을 향해 역행하는 전봇대는
동학군의 대열
우금치에서 울려오는
통곡 소리 속에
일장기가 펄럭이었다

천안을 지나면 화성벌
초록빛 들판을 차단한 철조망 위로
하늘 찢으며 날아가는
이방인의 전투기들

요란하구나
이곳이 어디일까
찢어진 한반도의 지도가

걸레가 되어 펄럭이는
벌판 속에서

국적을 증명할 패스포트
한 장 없이
고국을 잃은 나그네는
방향을 잃은 철마를 타고
잔혹한 터널을 통과하고 있다

우정

깊은 잠에서 깨어나
몽롱한 정신으로 서 있는
나무에게
산 너머 골짜기에서
간밤을 새운 바람이
그림자처럼 다가와
손을 잡고 흔들어댔다

프러포즈를 받고 황홀해진 나무가
즐거워하고 있는 사이
바람은
건너편 언덕으로 건너가
그쪽 나무들을 깨워
더불어 춤을 추기 시작한다

이쪽 나무들과
저쪽 나무들이 어울려
손뼉을 치고 노래를 불러
언덕은 축제의 마당이 되고

가지는 손이 되고
이파리는 입이 되어
오순도순 나누는
정다운 이야기들

나누어주고 다시 나누어주어도
다하지 않는
나무들의 사랑은
거룩하고 따뜻하다

DMZ

자유의 다리에는 자유가 없어
북으로 가는 통로에는 차단기가 내려지고
해묵은 시계 하나
멈추어 있었다

핏물로 얼룩진 지난날의 자국들은
찢어진 누더기로 펄럭거리고
붙이지 못한 편지의 사연은
유행가가 되어 흘러나왔다

바위 위에 새겨놓은 한반도의 지도는
허리가 잘려 걷지 못하고
포연 스며 있는 화강암 위에서
철모를 쓴 해골 하나
피어린 역사를 증언하고 있었다

찬바람 속 철쭉 한 포기
아픔을 안고 흐느낄 때
굳어버린 얼음장을 녹일

봄빛 한줄기가
이렇게 그리울 수가

참회

바람에 날려
땅 위에 떨어지는 낙엽이고 싶어
나뭇가지를 떠나
진구렁 속에 떨어져
썩어 있다가

촉수를 내민 가로수의
몸통 속으로 들어가
잎이 되고 꽃으로 피어
열매를 맺어주고 싶었다마는

다짐도 많았었지
허약으로 끝난 사연
몇 사람을 울게 하고
가슴 아프게 했는지

무거운 짐을 지고
가파른 언덕 올라갈 때
부축 받았던

많은 사람들

빈 수레 끌고
올라온 언덕에서
무위로 끝난 약속
확인해줄 대상조차 없구나

종갓집 독생자로 태어나
하고많은 풍상 속에
나의 곁을 스쳐 간 사람들아
여든의 나이가
죄스러워

찬바람 몰아치는
석양의 언덕
눈물 범벅된 얼굴 위에
얼어붙은 고드름이
뜨겁다

영산포 장날

파도처럼 밀려오는
장꾼들의 바다
혼자였다

하지만 장꾼들은
남이 아닌 모두가
다정한 형제인 것을
아는 이 하나 없었다

어린 시절 장터에서 만나
머리 쓰다듬어 주며
공부 잘해라 격려해주었던 아저씨도
국밥집에서 마주앉아
내 이웃으로 시집 온 누이의 소식 묻던
친구도 사라지고
오늘은 치마에 기름기 찌든
주모를 앞에 놓고
소주잔을 잡는다

방울소리 짤랑 짤랑
구루마를 끌던 조랑말 대신
매연 뿜으며
부릉부릉
장짐 실은 트럭이 떠나가면

퇴색한 태양은 산 너머로 사라지고
어둠 사이를 뚫고 불어온 바람 속에서
들려오는구나, 어머니의 자장가 아닌
언덕 위의 교회에서 울리는
지친 종소리

전쟁이 끝나도 평화는 멀리 있고
세월이 흘러도 구원의 날은 오지 않는
동강 난 국토 위를
너울너울 떠돌며
검은 구름이 춤을 춘다

고독한 회귀

작년, 재작년에도
되풀이되는 이별
해마다 나뭇잎은
저렇게
가슴 아팠다

사춘기 저린 가슴
나도 엄마 손을 놓고
떠나면서
저렇게 흐느꼈었지

밤기차의 창에 비친
초라했던 얼굴
나를 놓칠세라
따라붙었던 그믐달은
슬프디슬픈
어머니의 초상이었다

겨울 가고 봄이 되어

엄마 찾아 돌아온 새 이파리들이
푸른 잎 나풀거리며
새 삶을 노래할 때

가지를 잃은 묵은 이파리
모천을 찾지 못한 송어가 되어
동산의 언저리를 맴돌다가
먼 하늘 끝 향해 바람을 타고
다시금
외로운 길을 떠나야 하는…

코스모스

죽은 누이가 길가에 서서 손을 흔든다
천수보살이 되어 나타나 웃음 짓는다

강물을 건너고 하늘을 날아
도솔천에 이르기 전에는
만나지 않기로 한 사람이
어느 결에 나타나
가녀린 손을 흔들며 노래를 부른다

하늘을 내려와
수미산 자락을 훌떡 뛰어내려
곤륜崑崙과 기련祁連 장백과 무등을 날아
먼지 자욱한 길가에서
구절초와 섞여 씨를 뿌리는 누이

구시월 지나 찬바람 불면
이곳을 떠나 어디로 갈거나
해가 뜨고 달이 가는 하늘에서
새와 더불어 노래하다가

눈이 내리고 얼음발 서는
계절이 오면
내 가슴으로 들어와
한 겨울을 쉬었다가
따뜻한 봄이면 다시 나가서

겨우내 얼어붙은 사람들의
차가운 손을 만져주고
상처를 입어 슬픈 사람들
집집 마당에
예쁜 꽃씨 촘촘히 뿌려
기쁨을 찾게 해주려무나

다리 위에서

닷새를 두고 눈이 내린
은빛 다리 위에서
아스라이 들리는 소리

귀의 촉수를 가만히 내밀면
하얀 얼음장 밑으로
봄노래 소리 흘렀다

떠나고 또 헤이져 있어도
가슴의 광장에서
지워지지 않는 성채에서는
분홍빛 비단치마 펄럭이며 부르는
앳된 소녀들의
합창소리 들렸다

그리움이 없으면
삶은 빛을 잃고
기다림이 끝났을 때
생명의 불도 꺼지는 것을

마음 태우며 걸어가 찾아도
도달할 수 없는 근원의 마을

기러기도 날지 않는
텅 빈 귀로의 언덕에서
당나귀 고삐 잡고 돌아다보면
백색의 캔버스 위로
스쳐가는 시간의 무리

연륜이 돌아 세월이 쌓여도
사라지지 않는 것들아,
언제까지고 거기 머물러
밤마다 찾아가는
내 발자국 소리 기다리고 있거라

화톳불

이승과 저승으로
유명을 달리한 사람들이
초상마당의 화톳불을 둘러싸고
오순도순
대화를 나누고 있다

예닐곱 어릴 적
이십 리 길 영산포 장터에서
남색 설빔 조끼를 사다주셨던 종조할아버지
마을에 서당을 차려놓고
학동들에게 천자문, 동몽선습을 가르쳤던
훈장선생님

명주바지 입고
주막집 드나들며
오입질로 평생을 보낸
오촌아저씨까지

서로가 안개의 장막에 가려져

얼굴은 볼 수 없지만
뿜어내는 기를 통하여
가슴속 뜻을 교환하며
제 3의 세계를 펼치고 있다

이승은 비록
태양의 은총을 받아
환하게 밝지만
욕망과 분노를 절제하지 못하여
불행한 세상이고
저승은 어둡지만
가질 필요가 없는 평온한 삶이라
행복하다고 했다

이야기는 끝없이 이어지고
닭이 울 축시丑時에 가까워지자
저승의 혼령들은
죽기 전의 옛집을 찾아
잠들어 있는 가족들을 살펴본 다음

총총히
마을을 뜨고
산 자들은 상여를 메고 마당을 돌며

워널 어허널,

촉촉한 메김소리에
옷 벗은 나무들이 흐느끼고
관 속의 망자는
숨을 멈춘 채 귀를 기울인다.
상두수번이 요령 흔들며

워널 어허널
이제 가면 언제 오나
··············

상여놀이 속에
화톳불은 사위어가고
검은 재가 쌓여 가는데

앙, 앙

이웃집 담을 넘어 들려오는
울음소리
엄마의 뱃속을 갓 벗어난
아기의
탄생을 알리는 축복의 신호가
새벽하늘을 가르며
울려 퍼진다

소년과 총탄

아라비아에서
아프가니스탄에 이르는
거칠고 먼 모래밭 길에는
카라반의 대열 끊기고
난도질당한
아랍의 영혼들이 배회하고 있다

몇 세기에 걸친
십자군의 정벌
제국주의의 끈질긴 폭거로도
숨통을 끊지 못한
질긴 생명들이
대를 이어 영혼 찾기를 지속하고 있다

이천 년을 살아온
옛 터를 쫓겨난 팔레스타인들이
철책 속 모래밭
천막 안에서 쓰러져 가고

불쌍한 후세인의 아들은
무슨 일로 죽임을 당하고 그렇게……
파키스탄의 소년은
목숨을 잃었을까

압시르 샤
열여덟 어린 나이
푸른 녹음이 꽃보다 아름답다는
좋은 계절에

모래바람 사나운
불모의 언덕에서
알라의 이름 외치며
쓰러져 간 소년아

의지할 포장 하나
묻힐 땅 한 평 없어도
불멸의 영혼은 씽씽
바람을 타고
대륙을 가로지르고 있다

소춘小春의 태양

음력 시월을 소춘이라 했다
햇볕이 다사로워
봄날 같다는,
겨울의 문턱에서
소망은 늘 이루어졌었다

온대가 얼어서
동토가 되어버린
올해의 시월에도
봄 그리는 마음이야
한결같지만

서북쪽 차가운 바람
얼어붙은 강 위에는
철새 한 마리
내려앉지 못하고
나의 육신은
냉동선 속의 다랑어였다

이렇게 눈 내리는 밤에
철없는 동심이 되어
추억 쌓으며
노래를 불러도

한파에 막힌 봄은
눈보라 속
언덕의 저쪽에 갇혀
숨을 죽이고 있었다

기다림에 지쳐
오지 않는 날을
가슴에서 지워버리는
처연한 아침

창문을 열면
차가운 바람 밀어닥쳐도
지치지 않는 이가 있어
구름 뒤에 웃음 짓는
소춘의 태양

남도 길에서

머나먼 남도 길에서
한하운은 발가락 하나를 잃고
나는
시 한 수를 얻었다

오십 년을 사이하고
은하에서 만난 우리는
양쪽에 걸친 다리 위에서
서로의
주머니를 털어보았다

한하운의 주머니에는
시 한 수가 들어 있고
나에게 남은 것은
한줄기 희망이었다

땡전 한 푼 없어도
시와 희망이 있으면
부족함이 없다고

소리 내어 허허, 웃었다

샛별이 지고
다리가 걷히기 전에
돌아가야 할 사람들
손을 흔들며

잘 가요 한하운!
선생은 행복한 사람이었어요
맞아요 리명한
그대는 멋있는 사람이었어

은하수 물결을 타고
시와 희망의 비단 폭 위로
별빛들이
폭포가 되어 쏟아져 내렸다

천장사天葬師

천장사 되어볼거나
주검을 해체하여
피육을 발라내고
뼈마저 산산이 부숴
독수리에게 바치는
영결의 의식

평생을 가꾸어 온
소중한 몸뚱이를
갈기갈기 찢고 잘라
경건하게 바치면
독수리의 뱃속에 담겨
하늘로 올라가
부처님의 품으로 돌아간단다

석가모니도
바치지 않았던 육신을
거룩한 소원으로 내던지는
티베트의 희생 앞에서

히말라야의 산신이 춤을 추고

찢기는 주검을 쪼며
독수리들이 잔치를 벌이고 있을 때
보시布施의 도끼날이 찍힐 때마다
절대자비의 핏방울이
툭툭 튀어오른다

* 천장사(天葬師) : 중국의 티베트에서 죽은 사람의 시체를 까마귀에게 쪼아먹게 하여
  하늘로 보내는 장례의식을 맡은 사람.

폐쇄된 회로

가진 게 없는 자에게는
바늘구멍이 없다
권세와 부귀의 힘을 빌려
낙타를 타고
확 트인 대문을
통과하는 사람도 있는데
아무것도 없는 자들 앞에는
철옹성 같은 바리케이드가 쳐져 있을 뿐이다

크레인 위에
새집을 틀고 사는 여인
김진숙 씨의 삶이 백일을 넘었다

제비도 날지 않는
삼복의 하늘에는
노래해 줄 파랑새 한 마리 날지 않고
탐욕의 갈매기만
끼룩거렸다

모래바람을 뚫고 달려온
희망의 수레는
물대포를 맞아 비틀거리고
아침마저 거르고 나온 승객들은
한숨으로 배를 채웠다

격노한 바다는
도둑들이 우글대는 서울을 향해 포효하고
파도치는 영도 앞바다
폐쇄된 터널은
어둠에 가려 바늘구멍조차 보이지 않는다

도달할 수 없는 나라

사막여행을 나설 때는
낙타와 물이 있어야 하고
비오는 날은 우비와 나막신이라는데
아무런 준비 없이 떠나온 여정

눈보라치는 벌판
험준한 산길
폭풍 부는 언덕도
맨몸이었다

끝이 없이 이어진
막막한 밤길에서
허기져 쓰러지며
더듬었던 불빛

객기였을까, 허영이었을까
황금의 궁궐
팔진미 성찬보다
값진 보배였다

여든 해의 풍상
회한의 들녘에서
외쳐보아도 불러보아도
여로는 과정일 뿐

도달할 수 없는
언덕의 저쪽
향수로 물든
저녁노을이 타고 있구나

주막집 삽화

가락 없는 주막에서
젓가락 장단
해당화 붉은 마당
봄바람에 젖는다

이별을 노래하면
뻐꾸기 울고
보리 이삭 출렁이는
소만小滿의 들녘

막걸리 한 사발에
물드는 여인
껴안고 울다 보니
지는 초승달

제3부

분노의 계절

고부를 떠나
백산에 올라 죽창을 세웠을 때만 해도
장관이었지
- 앉으면 백산 일어서면 죽산 -
하늘을 찔렀던 동학군의 함성소리

전주를 접수하고
한양을 향해 올라갔을 때

어찌 몰랐으랴 피로써도 적을 수 없었던
우금치의 비극을

한 맺힌 핍박을 접고
세상을 바로잡겠다고
돌진하다가
쓰러져 간
젊고 젊은 영혼들아

오늘도 재를 넘어

들려오는 바람소리
비원을 가득 실은
피 맺힌 절규

FTA 같은

하늘을 나는 항공기
철로를 달리는 열차와
도로를 질주하는 자동차

높거나 얕거나
빠르거나 느리거나
영양실조로 비실거리는 곡예사들이
핸들을 잡고
운행을 계속하고 있다

바다 건너 도사리고 있는
탐욕스러운 폭력이
자장磁場을 형성하여 교란시키면
곡예사의 손은 힘이 빠져
조종간을 놓쳐버리고

그들에게 운명을 맡긴 인간들은
열리지 않는 탈출구
자물쇠통을 붙잡은 채

암흑의 나락으로
떨어져 가고 있다

동토의 아침

역류하는
역사의 흐름 속에서
태양 없는 하늘에는
눈발 날리고

씨조차 뿌릴 수 없는
불모의 땅 위에는
수수모가지 하나
흔들리지 않았다

전생대의 동물들은
두꺼운 지층 아래
화석으로 남아
부활할 날을 꿈꾸고

하늘을 날던 새들도
날개를 접고
동면으로
들어가는데

어느 때 돌아올까
얼음집 속 아이누들에게도
대지 위에 풀이 돋는
계절이 있는 것을

눈보라 속
고난의 계절에도
생명의 문을 열어주는 지열을 타고
우리들의 봄은 다가오고 있을거나

슬픔이 없는 나라

아마존의
열대우림에서 울려오는 벌목소리가
태평양을 건너와
한국 땅
김종철과 임락평의 가슴을 찍는다

환청이 아니다

우리의 가슴을 휘젓고 나가
온 인류의 팔다리를
싹둑싹둑 잘라가는
처철한 톱질소리

그것뿐이랴

고비와 사하라, 아라비아를 거쳐
파란 하늘까지
사막으로 만들고 나서
세우고 싶은 것은

나무 한 그루 없는 불모의 제국

그들의 나라에는
매마른 볼 위에 적실
눈물 한 방울도 없다

미친 소 한 마리

성조기를 등에 걸친
미친 소 한 마리 엎드려 있다
맑은 바람이 불어오는 금남로의 거리
찬란하게 펼쳐진 촛불의 바다 속에
소는 넋이 빠져
모국인 미국을 원망하고 있다

목숨을 버리고
고기를 바쳤으니
환영을 받아도 모자랄 판에
매몰차게 내치는 거부의 손길
외롭게 서서 돌멩이질을 당하고 있다

친구 소가 미쳤대서
허물을 입고
죄 없이 버림받아
반기는 사람 없으니
어디로 가야 할지
미친 소는 외롭다

모정 母情

눈 끝 째긋이 찢어지고
이빨이 빠져
말조차 새어버리는 엄마에게
채근거리는 아이의 뺨에 붙는
비스킷 부스러기

핏줄로 이어지고
사랑으로 아로새겨진
채송화 한 송이

업심받고 가난해도
태산 같은 미더움과
군불 같은 사랑으로
교직된 인륜의 원형이여

서산에 걸친 태양에 물든
티 한 점 없는 풀꽃
차창에 비친 어미자식의 영상이
숙연하게 아름답다

한숨

대기실 신문꽂이에 꽂혀 있는
조간을 집어 들자
지면을 수놓은
찬란한 꽃밭

아름답구나!

감탄하며 외쳤더니

무어라고요?

곁에 앉은 중년의 항의였다

꽃이 아름답습니다

이렇게 살기 어려운 세상에 꽃 따위가 무슨… 한가하시네요

대꾸할 말이 없어 입을 다물어버렸다

꽃을 보고
감탄하는 사람과
아름답지 않다는
사람들이 모인
우울한 대합실

차갑고 무시무시한 쇳덩이
거대한 열차가 들이닥치자
감탄은 개탄 속에
용해되어버리고

잔인하게 물들어오는
침묵 속에서
서로의 손 마주잡고
체온을 나눈다

한국의 기상대

탐욕스런
권력의 뱃속에는
기생충을 예비하는 난소가 있다
욕망의 증폭에 비례하여
확충되는 생식기의 기능

간통한 자궁은
시대의 불화를 잉태하고
권력과의 교접을 반복하며
무한한 번식을 시도한다

타락한 향락 속에서
배비장보다 기괴한 영웅들이 태어나고
부패한 성곽 속에 수용된
비통한 무리들

성문을 부수어 버릴
토네이도가 아니면
강력한 태풍이 몰려올 시각인데

한국의 기상대는
철문이 닫혀
아무리 두드려도
열리지 않는다

멥새 한 마리

바벨탑 아닌
교회의 뾰족한 첨탑 위에
착한 멥새 한 마리 앉아 있다

신이 아닌 새가
천국으로 가고픈 사람들을
인도할 양으로
예쁜 소리로 요염하게
노래를 부른다

천국이 저기 있어요
탐욕을 버리고
음탕하지 말고
죽이지 않는 자
모두 오세요

아무리 노래를 해도
귀가 잘린 사람들은
들을 수가 없어

낮과 밤이 바뀌어도
찾아오지 않았다

후세인 부자가 도살되고
빈 라덴을 처치했건만
하늘 길은 열리지 않고
항로를 지시할 별들마저 숨어버린 골짜기

사람들은
기도를 포기하고
광야를 향해
떠나고 있는데

첨탑 위에 앉은 새는
오늘도 지치지 않고
허공을 향해 맑은 목소리로
노래를 부른다

어서 오세요
천국이 저기 있어요

일기예보

내일의 날씨를 예고하는 것은
방송도 아니고
신문은 더욱 아니고
맑게 갠 아침
호박잎 위에 맺혀 있는
한 방울의 이슬

욕망의 발판을 딛고 선 자의
비뚤어진 입에서는
구정물 쏟아지고
화려한 옥좌에서 발신하는 포효는
견고한 못이 되어
백성들의 가슴에
박힌다

폭력과 윤리의 모순에서 벗어나
한숨과 눈물로 발효된
퇴비를 섭취하고 자란
질박한 넌출

향긋한 흙냄새로
영혼을 일깨우는
호박잎 위 이슬 한 방울이
화창한 날씨를
더없이 예보해 준다

꽃병의 체온

도공陶工이
꽃병의 높이와 주둥이의 모양
불룩한 몸통의 부피를 관념하고 있을 때
나는 그곳에 꽂아야 할
꽃의 종류를 상념한다

함박꽃 같은
탐스러움과
안개꽃 같은 몽롱함이 교차하는
거룩한 시간에는
햇볕을 따라
볼그레한 웃음 찾아오고

바람 속에서 푸석하게 마른
갈대꽃 속에도
수액이 흐르기 시작한다

꽃병의 높이가
조금만 낮았더라면

주둥이의 폭이 얼마쯤 넓었더라면
길 가는 소녀의 엉덩이처럼
탐스러웠을 것을

주제넘은 간섭에도 아랑곳없이
도공은 오직
화병의 구조를 찬양하고
나는 꽃잎 하나하나를
눈으로 어루만지며
오래오래 아름답기를 소원한다

술 마시는 밤

손을 뻗어도
잡히지 않는 망령들이
무리를 지어
눈앞을 날아다니고 있다

나를 취하게 하는 것은
사랑일까
분노를 품고
눈앞을 달려가는 바람일까

밤을 새워 방황하다가
아파트 언저리에 이르면
밤은 나의 발목을 붙잡고
울음을 터뜨린다

풍선이 된 슬픔이
어둠 속을 떠돌고 있을 때

눈물을 머금은 처량한 별들이

우수수
가슴 속으로
쏟아져 내린다

망향

내가 아직 유전자의 형태로
부모님 몸속을 돌고 있을 때
악동인 아버지는
스스로 만든 시누대 화살을 날려
물 긷는 아낙네의
물동이를 뚫었다는데

이웃 마을 살던 어머니는
수틀에 모란 수
한 땀 두 땀 놓으며
미지의 세계를 더듬었단다

훤칠한 풍모에 낭랑한 음성
마을 앞 거닐며 당시唐詩를 읊었다는 할아버지
밤새워 길쌈을 하면서
창가에서 참새 지저귀는 줄도 모르고
쉬지 않고 북을 날랐던 할머니
두 분의 몸속에도 나는 숨어 있었던 거다

수많은 하천의 줄기가
잇고 이어져
하나로 모이듯
이 몸은 곧
할아버지이고 할머니이고
아버지이고 어머니인데
어찌하여 나는
홀로 이렇게 떨어져 서서
청산 위에 동그라미를 그리고 있는지

홀아비타령

도로와 철길이 교차하는 지점
검은 열차가
거친 숨을 헐떡거리며 지나가자
해진 잠방이에
검은 점퍼를 걸친 농부 하나
가파른 골짜기를 더듬어
올라오고 있다

얼굴 위에 새겨진 나이테 위로
금성산을 넘어온 석양볕이
부시게 회전하고
등에 걸친 망태기의 무게가 힘겹다

멀리 서울에서
차를 몰고 있는 큰놈은
무사하기라도 한지

광주에서 옷장수를 하는
둘째는

입에 풀칠이라도 하고 있을까

부산에서 배를 타고 있는 셋째 녀석은
지금쯤 먼 바다를 항해하며
석양의 갑판 위에서
짜잔한 이 아비를
생각이라도 하고 있는지

강릉으로 시집간 딸은
동해의 거친 갯바람 쐬며
함지에 담긴 오징어를
세고 있을 거다

주렁주렁
팔다리에 매달려
따라붙었던 놈들은
파닥파닥 날개 치며
하나 둘 뒤를 이어 날아가 버리고

골목을 돌아
움막 같은 집을 찾아들면
불빛 없는 처마 밑에
먹빛 어둠이 배회하고 있다

창문 열고 달려 나와
맞이해줄 이 없는
텅 빈 마당에서
검둥이 한 마리
비명 아닌 환성을 지르며
앞발 들어 할퀴며 뛰어 오른다

탑을 쌓아요

아무렇게나 쌓아올린다고
탑이 되는 건
아니다

하늘과 땅 사이의 거리를
가늠한 다음
공간의 여유로움과
기반이 튼튼한가를 살펴본 다음

날라 온 돌을
켜켜이 쌓아올리는데
미운 것이라도 버리지 않는다
들어다가 고운 돌 옆에 앉히면
따뜻한 태양 빛을 받아
보석처럼 영롱해진다

일은 여럿이 할수록 좋다
아내와 아들딸, 가까운 이웃사람들
일본의 형제, 중국아저씨까지

더불어 어울린다

오하요, 니하오, 안녕하세요
언어가 막히면 눈빛으로 전하고
가슴이 답답하면 웃음으로 열어준다.
기뻐할 때 손벽치고 슬플 때 어루만져 주면
우정의 부피만큼
구조물은
찬란하게 솟아오른다

동구 앞 느티나무가
땅속 깊이 뿌리박고
높이높이 자라 올라서
구름에게 손짓하고
새들에게 야호, 부르듯

우리가 쌓은 탑은
환희에 젖어
창공에서 춤을 추며

노래를 부른다

고마워요, 동방의 친구들
나는 날마다 햇님과 대화하고
별들과 속삭이고 있어요
우리 모두 벗이 되어
갈라진 나라일랑 하나로 합쳐주고
싸움하는 세상에는 평화를 만들어요

믿어주세요
나는 올라가다가 멈출
바벨탑이 아니어요
세상의 빛, 아시아의 희망으로
견고하게 여기 서서
어두운 세상
불행한 사람들의 등불이 되겠어요

* 2006년 12월 「일본 도쿄 평화문학축전」에서 낭송한 작품.

금남로 가로수

구천을 떠돌다가
밤이면 다가와
사뿐이 내려앉았다

반짝이던 별무리
시나브로 스러지고
어울렸던 젊음들
쓸쓸하게 흩어지면
영혼이 되어 날아올라
삼백예순날 헤매다가

오월이 오면
불타는 청춘이여!
다시 돌아와 금남로 서성거리며
그리운 동지들을 기다린다

제4부

길

해남의 땅끝을 떠나 뚜벅뚜벅 걸으면
보름이 걸린다는
한양 길

때꼽재기 저린 괴나리봇짐과
허리춤 깊숙이 숨긴 엽전꾸러미
미투리는 겨드랑 밑에
대롱거렸다

해가 저물면 주막집 들러
탁배기 두 잔에 국밥 한 그릇
엽전 몇 닢 쥐어 주고
주모를 품었다

월출산 돌면 덕진나루
나주벌 지나 선암역에 닿으면
연기 자욱한 어등산
어스름 숲 속에서
날짐승들 울어쌓고

청양역 지나 갈재를 넘고
천안삼거리 화성을 지나
노들에서 나룻배 타면
한양이 건너이건만
오늘에야 간절한 건
눈물겨운 임진나루

앙상한 철조망 사납구나
황해도 지나
평안도로 들어가
대동강을 건널 날은
어느 때일지

하나 되는 아픔

방문을 열고
현관으로 내려서는데
문득 거울 속에
낯익은 얼굴이 나타나
앞을 가로막는다

누구일까?
아침마다 세면대 앞에서 익혀온 모습이
왜 신기히게도
이렇게 나 아닌 타자가 되어 있는 것일까?

고개를 휘둘러보니
왼편 거울, 오른편에도
같은 얼굴이 등장하여
나를 응시하고 있다

거울 속의 영상들은 모두
나로부터 파생된 나일진대
자타를 구분하지 못함은

어디선가 날아온 독화살에 맞은
의식이
실조를 거듭하고 있기 때문이리라

이윽고 거울 속에 있는 복수의 나는
날개를 치며 현관을 빠져나가
별이 되어
밤하늘을 떠돌다가
어둠의 강 위에 내려앉는다

꿈을 꾸었다, 흘러가면서
비록 지금은 천 개로 갈라져 흐를지라도
한 개의 심장을 공유했다는
절대의 숙명을
벗어날 길 없어

밤마다 잠을 설치며
하나 되는 세상을 그리다가
사방에서 울려오는 아우성 소리

잠이 깨어 퍼뜩 일어나 보니
횃불을 들고 다가오는 무리들
줄에 줄을 이어 모여들었다

송이송이 융합된 불덩이가
일흔 해를 쌓아올린 악마의 성채를
녹여 없앨 때
터져 나오는 환성
이이, 그날의 이픔
서러운 기쁨을 어찌할거나

실향민의 괭이질

바이칼 호수를 떠나
아무르 강을 건너
태양을 찾아
만 리 길 고달팠던 겨레들아

산을 넘고 강을 건너
부모형제 손을 잡고
찾아온 반도에서
다시금 만나야 하는
시련의 계곡

몇 천 년 두고
개척해온 소중한 땅이
쿵쾅거리는 폭음과
타오르는 불길 속에서 초토화되었어도

다시금 일어나
괭이를 들고
일구어 가야 하는 슬픈 강토
갈라진 허리가 이토록 아플 줄이야

대설待雪

어째서 우리에겐
겨울이 서러울까
언제나 그곳에는 흰 가운의 백조가
수심 어린 눈빛으로 창밖을 내다보고 있었다

유난히 많은 눈이
지난겨울엔 내리고
파닥임을 멈춘 백조는
조용하고 아름다운 눈매로
거리를 바라봤다

소복의 누이로
그대 그곳에 있을 때
겨울마다 눈은 내려
마음의 빈 터를 채워 주었는데

어느 날엔가 훌쩍
산새처럼 날아가 버리면
그때도 눈이 내릴까

우리들의 창가에 쌓이게 될까

흘러가도 떠나가도
되돌아오는 계절
눈발 속에 부서지는
세월의 아픔

북국에서는 지금도
하얀 눈이 영글어
백조의 땅을 찾아
다가오고 있을까

잃어버린 계절

실종된 봄이
차가운 십자로를 헤매고 있을 때
외투를 벗지 못한 꽃봉오리들은
옹기종기 양지에 모여앉아
얼어붙은 몸을 녹였다

응달진 산그늘에서
눈발 머금은 구름이
음모를 꾸미고 있을 때
집 잃은 까마귀들은
불길한 징조를 예언하며
까옥거리고

새파랗게 젊었던 시절
나의 가슴팍에
붉디붉은 화문을 찍었던
한 포기 산다화는
지금쯤 어느 언덕바지에 숨어
다사로운 봄빛을 기다리고 있는지

계절을 학살한
냉혹한 찬바람이
가슴 속의 공동을
휘젓고 있을 때

긴 겨울을 이겨낸
외로운 겨우살이 한 포기
얼어붙은 동토 사이에서
뾰조롬히 새싹 몇 줄기
내밀고 있구나

불효자의 변

맹동야孟東野의 시를 읽다가
가슴을 찢으면서
불효를 한탄한다

먼 길 떠나는 자식의 옷을 꿰매며
더디 올까 걱정하는 마음
내 어미도 그러했건만

거친 세상 끝없이
떠돌다가 돌아온 날
밤을 꼬박 새우며 오갔던 이야기
출세하여 효도하겠다고
다짐했건만

봄빛 같다는 어머니의 사랑
이제 와서는 보답할 길이 없어
얼굴이라도 만지려고
손을 뻗으면

잡히는 건 허공 속의 무덤 한 덩이
가슴 미어지는구나
아무리 크고 위대해도
죽기 전에는 알지 못한다는
미망의 세계

절벽으로 끝나는
여로의 종점에서
발길 돌려도 다시 돌려도
다다를 수 없는 동산
어머니의 품

죽음 연습

보성군 문덕면 대원사 가면
어둠 속에 관이 있어
죽음을 체험하게 한다

죽어볼거나
순간의 삶을 버리고
심연의 관 속으로 들어가
영원을 찾아볼거나

옴마니 반매홈~
옴마니 밤매홈~

저승이 이토록 가까운데
멀고 먼 나라인 줄 알았었구나
죽음이 이토록 아늑한데
평생을 두려워 버티어 왔었구나

옴매니 밤매홈~

죽음을 연습하고
환생을 체험하는
윤회의 바퀴를 타고
다다른 언덕

아득한 토번吐蕃의 하늘 위에서
나의 생명이
금빛 포단을 펼치며
너울너울 춤을 추고 있다

친구의 죽음

— 김현수 형을 보내면서

다정했던 나의 친구를 보내는 저녁
대학병원장례식장이 떠나가게
엉엉
흐느낌 아닌 통곡으로
몇 식경을 울었다

주고받은 술잔 속에
삶과 죽음을 뛰어넘었던
하고많은 이야기
지나간 시간들

바람이 구름을 몰아가고
구름이 비를 만들듯
변화의 원리를 더듬으며
허무라는 영원성을
기약했었다

천체가 찰나로 변신하는
별똥별 떨어지는 밤

넉넉한 우주의 가슴을 더듬으며
여의주를 구슬렸던
황홀한 시간들아

만날 수 없는 이별
휘황한 전등불은
검푸른 이슬 속에 아른거리고
흐느낌과 통곡이 교차하는
슬프디슬픈 눈물
멈출 길이 없구나

만남

길을 가다가 문득 만난
아이의 손을 잡고 울었다
간밤의 꿈속에서 만난 아이

우리 사이에는
다스한 핏줄이 이렇게 흐르는데
세월에 가린 인연의 강물은
안개가 서려 보이지 않는다

왜 이리 아득할까
일곱 살 나던 해에
두 살 터울로 죽은 동생
외갓집 오갈 때면
무덤 위에 과자 서너 개
던져주며 울었던 고개

비와 바람이 스쳐 지나가
무덤은 흔적 없이 사라지고
지금쯤 갈꽃 어우러져 흔들리고 있을 텐데

빛과 그늘로 짠 세월의 장막이여
오직 한 마리
외로운 새가
구름 끝 산마루를 넘어가고 있구나

기다림

회색의 노을 속으로 잠겨가는
동구 밖 캄캄한 길 위에는
자식 기다리는
어머니의 마음이 살고 있다

참담한 비극들은
기억 속에서 여위어 가는데
상실의 아픔은
어둠보다 두껍구나

'흘러가버린 강물은 돌아오지 않는다.'고 한
성인의 말조차
귓가에 닿지 않는

달빛을 싣고 흘러간 강물이
수런거리며 돌아오는 밤
이지러진 달은
소장消長을 반복하는 귀거래사였다

기다리고 있으면 돌아올거나
어머니의 쪽진 낭자에
꽃 한 송이 꽂아줄
늠름한 자식

휴전선을 부수면
건너올거나
안개 걷힐 날 언제일지
기다리는 사람
되돌아오지 않는 강이
어둠 속에 술렁거린다

서해의 밤

백령도 해병대 막사 안에는
나의 침대 하나 있다
밤마다 파도소리 아닌
들려오는 포성에 놀라
굴러 떨어져
비명을 지른다

서해바다 순시선 위에는
나의 초소 하나 있다
깜박이는 등불에도
놀란 가슴 두근거려
갑판 위에서 지새운 밤들

언제나 사라질까
사랑해야 할 사람 증오하고
핏줄을 원수로 삼는
패덕만 쌓여가는
비정의 나날

증오를 사랑으로 돌리고
이웃을 핏줄로 이은다면
길거리에서 장바닥에서
만나는 사람마다
끌어안고 싶은
형제가 되는 것을

짙은 안개에 묻힌 바다에는
통로가 없어
꿈속에 보낸 편지마저
방향을 찾지 못해 방황하다가
날개 부러진 새가 되어
추락해 버린다

리영희 선생을 보내며

하늘이 통곡해 주었기에
울지 않았다
얼굴 때리는 진눈깨비가
눈물로 녹아내리는

먼저 간 저승의 영령들은
또 한 분의 동지를
맞이했지만
남은 사람들 가슴에는
공동이 숭숭 뚫렸다

태양을 달이라 하고
개를 소라고 우기는
위증자의 무리에게
쏘아댄 화살
천둥이고 벼락이었다

하나 되고픈 겨레
갈 길을 막는 자들 머리 위에

내리친 철퇴
진실의 상자를 안고
넘어온 준령

어느 날에 끝이 날는지
가시는 길 서러워
해를 가리는 진눈깨비
종일토록 그치지 않았다

벼랑 끝에서

돌로 쳐서 짐승을 잡고
나무에 올라 열매를 따서
허기를 채우다가
씨를 뿌려
곡식을 거두기 시작했다

나무를 베어 집을 짓고
누에를 쳐서 옷감을 만들고
그물을 짜서
고기를 잡았다

말을 몰다가 수레를 타고
빨라지고 싶어
자동차를 굴리다가
비행기를 띄워 놓고
환성을 질렀다

끝없는 야심
깊이를 모르는 욕망을 좇아 겨루다가

이웃들과 부딪혀
몽둥이를 휘두르고
총포를 쏘아댔다

뺏고 빼앗으며
쫓으며 쫓기다가
되돌아설 수 없는
낭떠러지에 이르러
툼벙툼벙
떨어져 내리면

아우성 소리
광란하는 자들을 기다리고 있는 것은
깊고 깊은 심연
종말은 그렇게 다가왔다

배달되지 않은 편지

핏물로 적어
꿈에 부친 편지 한 장
그리움에 얼룩진
종이비행기

밤으로 낮을 삼아
몇 달을 헤매어도
받아볼 사람 찾지 못하고

초승달 가야산에 걸친 스산한 밤
보리밭 스쳐오며
배잠방이에 묻혀온 고향냄새

산 넘고 강을 건너
수천 리 돌아
다시금 되돌아와 버린

부치고 날려 보내도
받는 이 없는 한 장의 편지

종이비행기는 하늘을 날아가며
눈물을 흘렸다

임진강 건너고 금강산 넘어
대동강에 이르면
누군가 달려와서 받아가겠지
꿈에 부친 편지의 절실한 사연을 읽고
목을 놓아 울겠지
통곡하겠지

손님들

군내버스 180번
흔들리는 요람 속에서 엄마를 만난다
풍상 겪으며 헤매어 온 오십 년
헐벗은 여인들은 모두가 내 엄마였다

채소를 싼 보따리를 이고
등에 엎인 아이를 달래는 엄마
엊그제의 큰바람으로 과일을 망쳤다는
할머니의 얼굴에는
땅에 떨어진
사과의 몸통에 그어진
상처의 무늬가 새겨져 있다

고향은
옛 노래 속에 남은
추억의 잔해일 뿐
비어버린 폐광처럼
찬바람 술렁이는데

어머니들은 오늘도
부서진 꿈의 조각을
낡은 바구니에
챙겨 담고

객지로 떠난
자식들을 찾아갈 차비를 마련키 위해
거칠고 매정한 도시를
찾아온다

별을 심는다

깊은 밤 검은 하늘에
별을 심으러 올라가면
하늘은 비단을 깔아놓고
우리를 반겼다

하나 심으면
열이 되고
열을 심으면 백이 되어
온 하늘이 별들로 가득해지면

수고로움에 대한 보답으로
그들은
밤마다 지상으로 내려와
잠든 사람들 가슴에
꿈을 심어주고

오고가는 발길 사다리 되어
쌓여가는 우정
지구도 별이 되어

그들과 어울리어
한 무리를 이루었다

다시금 태어나는
또 하나의 천체
별들은 밤마다
나와 손을 마주잡고
날이 새도록
새로운 세계를 노래했다

로맨티스트 이명한의 詩

김준태(시인)

잠시 두 눈을 감아본다. 뚜벅 뚜벅 무등산을 오르는 올해로 80을 넘긴 한 '젊은이'를 머리에 떠올린다. 그는 누구일까. 부지런히 각계각층의 사람들을 만나고, 자기보다 먼저 간 사람들도 빠짐없이 문상하고, 주례도 바지런히 서고, 무엇보다도 사회적으로나 국가적으로 문제가 발생할 때마다 젊은 사람들과 함께 자리를 같이 하는 노작가가 동시대에 같이 살고 있다는 것은 여러모로 흐뭇하고 즐거운 일일 것이다.

소설가로서 민예총지부장, 광주전남민족문학작가회의회장, 6·15공동선언광주전남상임대표 등의 책임을 맡아 쉼 없이 빛고을 광주와 함께 일해 온 이명한 선생. 장유유서라는 말을 좇지 않더라도 우리가 사는 사회에 이와 같은 어른이 계시다는 것은 참으로 든든하고 안온하고 믿음직스럽다는 생각이 든다.

이명한 선생은 역시 젊다. 그의 피는 지금도 젊은이들 못지않는 것 같다. "5·18 무렵부터 목청을 다하여 부르신 노래가 있지

요. 시베리아 벌판…운운하는 노래 말입니다." 그렇게 몇 마디 주
문을 던지면 이명한 선생은 대번에 그 노래를 기억에서 찾아내
우렁차게 부른다. 마치 독립군 전사처럼 비장미를 담아, 떨리는
목소리로.

<blockquote>
시베리아 눈바람을 동무삼아 몇 해냐
무궁화 꽃이 피는 고향 산천 그리워
옷소매를 붙잡고 울어주던 사람아
찾아보자 자유를 건설하자 조국을
해방 삼천리~
</blockquote>

　그러했다. 열세 살 소년 이명한이 거리로 뛰쳐나와 불렀다는
비장미와 희망이 함께 응어리져 터져 나오는 노래- '해방 삼천
리'! 일제 강점기를 끝내고 새로운 나라를 건설하고자 했던 1945
년 8월의 한반도는 그야말로 환희의 도가니가 아니었던가. "시베
리아 눈바람에 동무삼아 몇 해냐/……옷소매를 붙잡고 울어주던
사람아/찾아보자 자유를 건설하자 조국을" 외쳐 부르던 소년 이
명한이 어느덧 80을 넘기는 노인으로 우리 앞에 서 있어 화살처
럼 날아가는 세월의 무상함을 느끼게 해준다.

1. 노작가의 마음 풍경

눈 나리는 만주 벌판을 휘달려 백두산을 넘어 남으로, 남으로 향하던 독립군들. 그들이 서로를 껴안고 불렀을 노래 '해방 삼천리'를 들으며 만감이 서린다. 조국은 진정 자유를 찾았는가, 조국은 진정 우리들 모두가 사랑하는 나라를 건설하였는가! 반쪽이 돼버린 조국 앞에서 우리는 지금 무엇을 하고 있는가. 소설가 이명한은 이제 소설을 잠시 접고 작년 한 해 동안에 무려 100여 편의 시를 쏟아낸다. 서사(이야기)가 아니라 노래(시)를 쏟아 내놓고 때로는 어린 소년처럼 눈망울을 굴린다. 순결한, 그의 어머니가 영산강 물소리로 그를 잠재우던 그 순결함으로 시를 쏟아낸다. 보라, 천의무봉의 순결한 마음이 영산강 강물에 닿아 반짝거리는 것이 한없이 눈물겹다.

길을 가다가 문득 만난
아이의 손을 잡고 울었다
간밤의 꿈속에서 만난 아이

우리 사이에는
다스한 핏줄이 이렇게 흐르는데
세월에 가린 인연의 강물은
안개가 서려 보이지 않는다

왜 이리 아득할까

일곱 살 나던 해에

두 살 터울로 죽은 동생

외갓집 오갈 때면

무덤 위에 과자 서너 개

던져주며 울었던 고개

– 「만남」

80세 노인. 이명한은 생면부지의 한 아이와 대면한다. "길을 가다가 문득 만난 아이의 손을 잡고" 운다. 어쩌면 어린 시절의 자기 분신이기도 하고 어쩌면 그의 나이 열 살 때 네 살 나이로 죽은 동생과 같은 한 아이의 손을 잡고 그만 한없이, 한없이 어린 아이가 된다. 세월의 장막에 가려 흔적조차 없는 어릴 적 동생을 떠올리며 이명한은 그렇게 생면부지인 남의 아이 손을 잡고 소리 없이 우는 것이다.

바로 이 울음이 소설가 이명한으로 하여금 시를 노래하는 이명한으로 만든 것이 아닐까. 그러나 이명한의 고향은 역사가 꿈틀거리는 곳으로 다가선다. 일제 강점기, 휘날리는 일장기 히노마루, 멀리 공출가마니를 실어 날으는 호남선의 석탄백탄 타는 연기, 어머니, 영산강, 자전거에 아들인 자기를 싣고 휘파람을 불고 달리던 아버지가 이명한 시의 풍경을 이루며 실루엣으로 길게 떠오른다.

특히 시 「호남선」은 1894년 갑오년에 일어났던 동학혁명 혹은

151

갑오농민전쟁을 담은 시인데 절창이다. 장성 갈재 터널을 빠져나오면서 이명한은 "동학군의 대열"과 "우금치에서 울려오는/통곡 소리 속에/일장기가 펄럭"이는 것을 본다. 그리고 물론 "두승산 위에/남빛 녹두꽃"이 흐드러지게 피었다가 지는 것을 간과하지 않는다. "새야 새야 파랑새야/녹두밭에 앉지 마라" 녹두꽃은 전봉준 장군을 지칭하는 상징어이며 우리 민족의 정서 한복판에 피고지는 보라색 꽃에 다름 아닐 것이다.

장성 갈재
긴 터널을 빠져나오면
두승산 위에
남빛 녹두꽃 지고

뒤쪽을 향해 역행하는 전봇대는
동학군의 대열
우금치에서 울려오는
통곡 소리 속에
일장기가 펄럭이었다

— 「호남선」

맑은 날은
아버지의 가슴
궂은 날은

어머니의 눈물을 생각한다

넓은 영산포 방목들이 끝나고
관골로 올라가는 언덕배기
앞자리에 나를 태우고
자전거 페달을 밟던
아버지의 거친 숨소리 들린다

– 「바람소리」

"밝은 날은/아버지 가슴/궂은 날은/어머니의 눈물"이라고 노래하는 「바람소리」 또한 아름다운 시다. 영산포 강 언덕. 젊은 아버지가 앞자리에 자신을 태우고 페달을 밟는 모습은 뜨거운 부정을 느끼게 해준다. 어머니에 대한 애틋한 모정, 아버지한테서 물려받은 자상한 부정은 지금도 그의 자식들에게 전수하고 있는 것처럼 보인다. 유명을 달리한 현모양처 사모님과의 사이에서 이명한은 5녀2남을 얻는다.

다음은 필자가 이명한 선생의 부탁을 받고 써준 당신 아버님 묘비명이다. 자라나는 어린 후손들을 위해 아버지 묘에 비를 세우고 문자를 새겨 넣은 이명한 선생의 정성은 지극하다. 그것을 본받아 그의 자식들과 손자들도 모두 건장한 모습들이다. 비문 앞면에는 뒤에 오는 손자들을 위하여 「할아버님 석성 창신 행적」이라고 썼고 뒷면에는 역시 당신 아버님의 출생에서부터 돌아가실 때까지의 행적을 함께 써넣었다. 1929년 그해, 아버지 창신 선생은 나주

153

서 시작된 광주학생독립운동에 투신하여 옥고를 치른 독립운동
가이며 이것이 훗날 이명한의 문학과 인생, 역사의식에 깊이를 더
해준다.

할아버님 石城 昌信 행적

배꽃보다 더 맑디맑은 얼굴로 예 찾아온 자손들아
오늘 너희 가는 길은 석성 할아버님이 닦은 길이어라
금성산 휘돌아 흐르는 영산강인 듯 이 땅을 감싸시던
배움과 옳을 義, 하늘 뜻 크게 실천하신 너희 할아버님
칠흑 같은 어둠 당신 몸 촛불로 태워 조국을 밝혔느니
보라, 정든 산 언덕 너머 향기 그윽한 찔레꽃 자손들아
서른 다섯 짧은 일생 대추나무로 살다 가신 할아버님
이 산하에 기인 발자취 남기어 오늘 참말 드높으시다
달이 뜨고 해가 진들 오순도순 번성할 봉황자손들아
쉼 없이 흐르는 영산강 할아버님의 덕행 고이 받들어
형제우애, 이웃과 나라사랑에 큰 빛줄기 더할지어다!

2004년 10월

아들 明翰 님 心韻을 빌어

詩人 김준태 총총 읊다

• 1914년 5월27일 羅州 봉황 유곡 낙동에서 태어나심

- 봉황보통학교·나주보통학교 졸업, 나주농업보습학교 재학
  중 나주서 횃불든 光州학생독립운동에 투신 옥고
- 1930년 2월 光金 順愛 여사와 결혼 明翰, 惠子, 貞伊 둠
- 1935년 1월 동아일보 新東亞에 장편『제방공사』당선
- 1937년 일본동경 유학중 비밀결사연루 망명생활 계속
- 1948년 5월 21일 羅州人들 깊은 슬픔 속에 운명하시다.

그리고 한편, 이명한의 인생과 철학과 작품 속에는 광주와 무등산이 큰 모습으로 내재한다는 것을 말하고 싶다. 나주에서 선친이 그러이 살아오셨던 것처럼 작가 이명한은 고향사랑이 남다르다. 그리고 무엇보다도 우리 모두가 희망과 절망의 뒤범벅 속에서 마침내는 승리로 이끌었던 저 1980년 5월의 광주를 그 역시 '거리에서 싸운 사람' 이다. 그해 광주시민 모두가 거리에서 나와서 "죽음으로써 죽음을 물리치고 죽음으로써 삶을 찾으려 했던 것"을 작가 이명한은 이렇게 노래한 적이 있다.

소설에서는 5·18항쟁을 다룬 작품들이 여러 편 있는데 시로서는 이것이 이번 시집에서 유일하다. 그에 따르면 지난날 써놓은 시편들을 상당수 분실했기 때문이란다. 아무튼 작가 이명한은 '5월' 을 소재로 한 이 시편에서 "오월이 오면/불타는 청춘이여!/다시 돌아와 금남로 서성거리며/그리운 동지들을 기다"리는 것을 잊지 않고 있다. 내가 알기에 적어도 그는 로맨티스트로서 역사의 승리를 믿고 있는 것으로 파악된다. 낭만주의는, 로맨티시즘은 정작 역사의 발전소가 아니었던가. 지금도 금남로를 홀로이

걸으면서 그들의(역사의) 발자국소리를 듣는 이명한, 그는 기다
리는 사람이다. 무등산 일출봉에 해 뜨거든 "가자! 가자!"라고 노
래하는 젊은이다.

　　구천을 떠돌다가
　　밤이면 다가와
　　사뿐이 내려앉았다

　　반짝이던 별무리
　　시나브로 스러지고
　　어울렸던 젊음들
　　쓸쓸하게 흩어지면
　　영혼이 되어 날아올라
　　삼백예순날 헤매다가

　　오월이 오면
　　불타는 청춘이여!
　　다시 돌아와 금남로 서성거리며
　　그리운 동지들을 기다린다.

― 「금남로 가로수」

2. 단순미학 혹은 순정문학의 세계

　파란불이 켜지기를 기다리는 신호등 앞에서 문득 어린 시절에 유명을 달리한 동생을 발견하는 노작가 이명한. 그 낯선 어린이의 얼굴 속에서 70여 년 전의 자신과 동생의 아득한 '인연의 세계'를 발견하고 소리 없이, 퍽퍽 우는 올해 80세의 이명한. 바로 그러한 순정의 미학을 잃지 않고 살고 있기에 이명한은 다음과 같은 절창을 얻어낼 수 있었던 것이 아닐까 싶다. 아마도 이번에 펴내는 그의 첫 시집에서 가장 아름다운 노래로 읽힐 「주막집 삽화」가 바로 이와 같은 순정한 마음속에서 태어났을 것이다. 단순함과 순정함! 이것은 동서고금을 막론하고 모든 장르의 예술가, 특히 시인들에게 있어서는 빼놓을 수 없는 시창작의 운명적 바탕이 아닐 수 없다.

　　　가락 없는 주막에서
　　　젓가락 장단
　　　해당화 붉은 마당
　　　봄바람에 젖는다

　　　이별을 노래하면
　　　뻐꾸기 울고
　　　보리 이삭 출렁이는
　　　소만의 들녘

막걸리 한 사발에

물드는 여인

껴안고 울다 보니

지는 초승달

- 「주막집 삽화」

깊은 밤 검은 하늘에

별을 심으러 올라가면

하늘은 비단을 깔아놓고

우리를 반겼다

하나 심으면

열이 되고

열을 심으면 백이 되어

온 하늘이 별들로 가득

수고로움에 대한 보답으로

그들은

밤마다 지상으로 내려와

잠든 사람들 가슴에

꿈을 심어주고

오고가는 발길 사다리 되어

쌓여가는 우정

지구도 별이 되어

그들과 어울리어

한 무리를 이루었다

다시금 태어나는

또 하나의 천체

별들은 밤마다

나와 손을 마주잡고

날이 새도록

새로운 세계를 노래했다

– 「별을 심는다」

시 「주막집 삽화」는 이명한의 로맨티시즘을 여실하게 그리고 애틋하게 보여주는 한 편의 아름다운 서경시 혹은 서정시다. 울타리에 해당화 꽃이 피어 있는 낯선 주막에서 화자인 이명한은 절로 봄바람에 젖는다. "이별을 노래하면/뻐꾸기 울고/보리 이삭 출렁이는/소만의 들녘"이 한눈에 들어오는 이 애절한 시 세 번째 연에서 이명한의 로맨스는 절정미를 이룬다. 막걸리 한 사발에 취한 여인을 "물드는 여인"으로 그려놓고서는 "껴안고 울다 보니/지는 초승달"로 매듭을 짓는다. 이 한 편의 시를 세상에 내놓기 위해 이명한은 지난해에 100여 편의 시를 쏟아냈지 않았나싶은데 이런

느낌이랄까 심사가 어찌 나 혼자만의 것이랴 하는 생각이다.

이명한은 지난 시절 10차례나 중국 대륙을 휘돌아다닌 사람이다. 일본어는 책을 번역하고 대화를 나눌 정도이며 중국어는 주로 필답을 하면서 여행한다. 언제나 수첩과 노트에 여행을 기록하는 작가 이명한은 두보와 이백의 고향을 두루 찾아서 돌아다닌 사람이다. 예컨대 그는 중국문학을 대표하는 두보와 이백의 고향과 작품의 탄생지를 여행하면서 그들의 시작품에 담긴 이야기를 광주지역 신문에 장기간 연재한 바 있다. 젊은 작가들도 시늉할 수 없는 열정으로 거대한 대륙을 횡단한다. 쉼 없는 독서와 사색, 지칠 줄 모르는 창작열을 통해 접근한 두보와 이백은 이명한의 소설문학은 물론 시문학에도 상당 부문 자양분을 넣어주었을 것으로 사료된다.「주막집 삽화」는 이백보다는 두보적인 성향이 엿보이는 시라고 말할 수 있을 것 같다.

3. 웅혼한 통일문학의 길

눈보라 치는 황막한 광야에
빙탑 외로이 서 있고
분노한 젊은이 하나
꼭대기에 우뚝 서서
깃발을 흔든다

출렁이는 깃발은
찢길 듯 나부끼고
뻘건 핏물
목줄을 타고 내려와
하얀 눈밭을 물들였다

땅속으로 스며든 더운 피
대지는 카포테를 본 투우가 되어
울부짖으며 길길이 뛰어 오르고

기나긴 밤이 가고
환하게 동쪽이 밝아오고 있을 때
탈진한 젊은이는
땅 위에 쓰러져
숨을 헐떡이고 있었다

죽을 수는 없어
저 하늘에 태양이 있는데
그칠 수가 없어
결연히 일어서서
또 다시 그림을 그리기 시작했다

높은 산이 가로막고

깊은 강이 가로 놓여 있을지라도
목숨이 다하기 전에
돌아가야 할 땅

젊은이는 쉬지 않고
지맥을 더듬어
조국으로 통하는 지도를
그려나갔다

–「조국」

동쪽에 솟는 태양
서쪽으로 지는 달을
양손을 뻗어 만지며
태초의 시원을 더듬는다

지상이건만 위가 없고
천상이건만 아래가 없는
육극이 하나로 모여
합창으로 신화를 엮고 있는 산

가락이 없어도 질서가 형성되고
질서가 없어도 가락이 펼쳐지는
율려의 세계가

여기였구나

조국이 하나 되고
온 세계가 평화롭게 되는 날을
열어젖히기 위해서
작가들이 모여
노래를 부른다

우리의 소원은 통일
꿈에도 소원은 통일
……………………

소원은 북풍을 타고 남으로 날아가고
꿈은 남풍을 타고 북으로 날아오는데
분단의 땅이 아니었다면
맛볼 수 없는 감격

역설의 의지는
해와 달을 가슴에 품고
산맥 위를 파닥이며
동토를 녹이고 있다

― 「새벽, 백두 정상에서」

생각한대로 로맨티스트 이명한은 단순한, 그렇게 호락호락한 로맨티스트가 아니다. 우리가 알다시피 그는 사회운동을 실천하는 사람이다. 때문에 그는 개인의 희망보다는 우리 모두의 희망을 간구한다. 그것을 담아낸 시가 바로 「별을 심는다」와 같은 작품의 경우이다. 쉽게 읽히지만 범상치 않는 이 작품을 통하여 이명한은 이제 당신의 손자들 앞에 아름다운 시 「별을 심는다」를 자신있게 내놓아도 좋을 것 같다.

보라, 아가들아. 너희 할아버지의 이 원대한 꿈과 낭만적 포즈를 어서어서 배워야 한다. 새로운 역사, 새로운 시대를 열고자 하는 사람들이라면 모두가 그러했을 낭만주의적 인간-로맨티스트의 전형이 바로 시 「별을 심는다」 속의 화자가 아닌가. "깊은 밤 검은 하늘에/별을 심으러 올라가면/하늘은 비단을 깔아놓고/우리를 반겼다"로 시작한 시 「별을 심는다」의 마지막 여에서 이명한은 "다시금 태어나는/또 하나의 천체/별들은 밤마다/나와 손을 마주잡고/날이 새도록/새로운 세계를 노래"하고 있다.

작가이며 통일운동가인 이명한은 그리하여 그가 언제나 그랬던 것처럼 통일의 그날을 열망하는 시를 토해낸다. 시 「조국」과 「새벽, 백두 정상에서」가 그와 같은 뜻과 노래가 담긴 작품이다. 「조국」은 비장미가 넘치는 시다. 이명한의 젊은 날 아니 적어도 이 땅의 근현대사를 헤쳐 나온 사람이라면 누구나 겪었을 비극적 숨결이 솟구치는 시편이다. "눈보라 치는 황막한 광야에/빙탑 외로이 서 있고/분노한 젊은이 하나/꼭대기에 우뚝 서서/깃발을 흔든다"라는 시구는 그야말로 새로운 조국을 건설하고자 했던

1940년대 '8·15해방공간'의 그날을 연상케 하는 작품이다. 비장미가 특출한 이 시편에서 깃발을 흔드는 젊은이—그들은 바로 지나날 우리들 자신의 자화상이 아니었던가. 그리고, 그러나, 가야할 웅혼한 통일문학을 위하여 나아가야 할 야무진 내일의 한국문학을 말하고 있음이 아닐런가싶다.

참담하다. 하지만 로맨티스트 이명한은 오늘도 그림을 그리고 있다. "높은 산이 가로막고/깊은 강이 가로 놓여 있을지라도/목숨이 다하기 전에/돌아가야 할 땅//젊은이는 쉬지 않고/지맥을 더듬어/조국으로 통하는 지도를/그려나"가고 있는 것이다. 통일에 대한 꿈과 실천을 멀리 할 수 없어, 아니 당연한 자세로 "그칠 수가 없어/결연히 일어서서/또 다시 그림을 그리기 시작"한다. 이것이 바로 개인선보다는 공동선을 지향하는 이명한 문학, 이명한 철학의 중심으로 보인다.

시 「새벽, 백두 정상에서」는 2005년 6월에 써진 것으로 기억한다. 6·15공동선언 5주년을 맞이해 남쪽의 민족문학작가회의와 북쪽의 조선작가동맹중앙위원회 문인 150여 명이 백두산 정상에 올라 '통일시낭송회'를 할 때 읽은 시다. 서정과 무게가 함께 실린 이 시에서 작가 이명한은 "동쪽에 솟는 태양/서쪽으로 지는 달을/양손을 뻗어 만지며/태초의 시원을 더듬는" 다음 우리 민족의 영산인 백두산을 통일의 산으로 떠받들어 올린다.

"지상이건만 위가 없고/천상이건만 아래가 없는/육극이 하나로 모여/합창으로 신화를 엮고 있는 산"으로 형상화하더니 기막힌 절창으로 "가락이 없어도 질서가 형성되고/질서가 없어도 가락이 펼쳐지는/율려의 세계가/여기였"노라고 천하에 호령하듯이 우렁찬 목소리(메아리)를 터뜨린다. 가락이 없어도 질서가 형성되고 질서가 없어도 가락이 펼쳐지는 시구에 이르러서는 정말이지, 우리 한민족만이 가진 그 '어떤 우주' 혹은 '율려의 세계' 에 당도한 그런 감동을 더불어 안겨준다.

다시 한번 시집 『새벽, 백두 정상에서』를 펴낸 이명한 선생의 건강과 건승을 빌며 축하드린다.

이명한

1931년 문학청년이었던 이창신과 한학자 김용석의 둘째따님 김순애의 삼남매 중 장남으로 전남 나주에서 출생했다. 조선대학교를 거쳐 산하 고등학교에서 10년 동안 국어를 가르쳤다.

1950년대 말 영산포에서 소설가 오유권 선생을 만나 교류하면서 한국일보 신춘문예에 소설을 응모하여 낙선한 다음 글쓰기를 단념하다시피 했다가 70년을 전후하여 몇 분의 시인들과 동인활동을 한 적이 있었고 김신운, 김제복, 문순태, 송기숙, 이계홍, 이지흔, 주길순, 주동후, 한승원 등 제씨와 더불어 '소설문학' 동인으로 활동하면서 『월간문학』 소설 신인상(75년), 이어서 전남일보에 장편 『산화』가 당선되기도 하였다.

소설집으로 『효녀무』 『황톳빛 추억』이 있고 장편으로 『달뜨면 가오리다』를 출판하였으며 광주매일에 『춘추전국시대』 등을 연재하였다.

70년대 초기 한국문인협회에 참여했다가 87년 9월 광주·전남작가회의를 결성하여 문병란, 송기숙과 더불어 공동의장을 맡았다. 광주민예총회장, 민족문학작가회의 자문위원, 한국문학 평화포럼 상임고문, 6·15공동위원회 남측 공동대표를 거쳐 동 위원회 광주전남 상임고문 등으로 참여하고 있다.

새벽, 백두 정상에서

초판1쇄 찍은 날 | 2012년 7월 10일
초판1쇄 펴낸 날 | 2012년 7월 18일

지은이 | 이명한
펴낸이 | 송광룡
펴낸곳 | 문학들
등록 | 2005년 8월 24일 제2005 1-2호
주소 | 501-841 광주광역시 동구 학동 81-29번지 2층
전화 | 062-651-6968
팩스 | 062-651-9690
전자우편 | munhakdle@hanmail.net

ISBN 978-89-92680-61-5 03810